歌集

冷えたひだまり

梶 黎子
Kaji Reiko

六花書林

冷えたひだまり ＊ 目次

I

十姉妹　　　　　　　11
蔵の遊び　　　　　　15
石の神様　　　　　　20
わたくし雨　　　　　24
脱力系　　　　　　　28
ゆずり葉　　　　　　31
水のかたち　　　　　39
消える　　　　　　　45
反魂草まで　　　　　50
帰宅拒否症候群　　　55

最後の夜　　　　　　　　　60
晴れわたる日に　　　　　65
浮力もつ母　　　　　　　72
出口　　　　　　　　　　76
無事山　　　　　　　　　81
感熱紙　　　　　　　　　87

Ⅱ

桜はさくら　　　　　　　95
会津野の旅　　　　　　100
声を持たざり　　　　　104
冷えたひだまり　　　　109

家族の食卓	113
朝の桟橋	118
つまらない	122
どこかでそっと	129
地下	135
動物裁判	140
静かなる客	147
散薬	152
あいだの時間	158
折れたりもする	163
ペンギン歩き	166
胃の腑の凝り	169

りんごの実　173
タワーをめぐる川　179
カナダの夕陽　186
寿命五十億年　191
ひやっと無気味　196
春の妖精　201
優しい目の馬　205
空車　209
解説　佐伯裕子　215
あとがき　223

装幀　真田幸治

冷えたひだまり

I

十姉妹

駅までの短き家出したる日よカンナきしきし
炎(も)えていたりき

カルピスを飲めばのこれる膜酸(す)ゆくジフテリアにて死にしおとうと

るりまつりもどきの花も青くして大事なことは口には出さず

鳴かぬとて祖父の放ちし十姉妹(じゅうしまつ)あした砂漠のような庭面に

旋律をたどるギターに戻りくる「ミシェール」と少女の叫びしフィルム

転生をおさなき吾に信じよと祖母は湯船に夜ごと語りき

あれもこれもまぼろしだったと思うなり或るあさ鳩の転がりていて

蔵の遊び

足袋型の残りてあれば屋号にて呼ばるる旧き
家業のありぬ

記憶の糸はどこまで巻かれいるだろう気怠い
午後の蔵の遊びの

いつの時代の銭函なるか緑青を噴きし古銭や
矢立出でくる

立ちのぼる祖の気ならんか黒光る「貧乏神」とう木彫の鬼

祖母の名の右に平民と記されて尋常小学校卒業証書

今はなき旧きわが家の松ヶ枝に見しと聞くなり白きくちなわ

御不浄のそばに八つ手のありしころ雪と見紛う花咲きてあり

蔵中はいつも涼しき叱られて泣きつくしたる

後の夕なぎ

石の神様

めくられぬ暦を焚けば根方より紅葉してゆく庭の雑木々

湿りたる風にさらされ裏庭に眼のなき石の神様がいる

掘り出せばふかき石の根つくばいに青緑なす苔の層あり

柘植、つばき、金木犀の根を掘りて庭移りせんこの年の冬

樹には樹の考えあらん育ちいし地(つち)を選べば強いて動かさず

ダンプカーを粗大ごみ処理センターへ先導し
ゆけば喪主のようなり

輪郭をおおいてゆける夕闇が廂のさきに青く迫りぬ

わたくし雨

からっぽの井戸に投げたる石の音なつの畳に
大の字になる

みんみんの遠く近くに迎えゆくふたつ世界を往き来する死者

別姓のおとこおみなの彫られたる墓碑をめぐりてひと夜騒がし

杏の実鍋にじゅくじゅく煮詰めいし祖母の襟足うかぶ盆の夜

送り火を流ししあしたの月見草多くは錆朱色して萎む

八重咲きのひまわり見れば種もたず代を継がざることの清しさ

ゆるく生きゆるく死ぬのか酷暑の日　わたくし雨の街に過りつ

脱力系

中年にゆらり架かれる橋ありきそこ越えてよ
り冷ゆる足裏

埋められぬ心の時差はそのままに太陽をまた

ひと廻りする

塊(かたまり)の世代がまちに群れている遠巻きに見る羊

かわれも

獅子柚子をふたつに割りて湯に浮かべ脱力系の四肢を伸ばせり

こんなにも温度の違う掌(て)をかさね言葉をかさね時をかさねる

ゆずり葉

父の手がつかむ冷気のその先に手摺りばかり
がふえてゆく家

長病みの父の額は前線の懸かる空なり　咳けば雨

配管を切りてしまえるエアコンの室外機ひと夜を呻きつづける

見えぬふりしている明日が見えてくる諦めを言う父の肩越し

犬の鼻すこし乾いている夕べ関東味のけんちん煮える

隣家(となりゃ)もそのとなり家もしろがねの雪日ねむらせてくれと言う父

真夜中は部屋中に充ちる存在があかときかすかな息の根となる

聴くかたち欲しがるかたち泣くかたち　冬月

ふかく空に悩める

丹那トンネル抜けゆく夢を見たという腹水の

音　まだ息やある

ゆずり葉の枝をゆらして飛びたてり此の世のことは放念をせよ

レコードの針置くように触れている覚めぬ眠りの淵ゆくひとに

膝を折る家族の前にレンタルの介護ベッドは解体されつ

胸の上にて組ませたる手の懶そうに黒き柩は花にあふるる

草萌えよつぎつぎ萌えよ早春の野焼きのけむり身に浴びながら

水のかたち

折込を抜けば崩れてゆくのだろう朝刊に雨の
重さがのこる

戸外には薄日が差してきたようだ、なのにリビングの雨はやまない

青葉と青葉咬みあいながら吐く息の夏を生き
ゆくものの韻きよ

ましろなる闇へ手さぐりしてゆけば水道水が
かすかに臭う

はつ夏のこころにもある堰切れて語尾の強さ
を嫌われており

ゆずり葉の若葉の間を風通りおのおのの夏を思う日の暮れ

水のかたちに敷きつめられた石のうえ連弾のごと五月雨の降る

月刊「むし」の草叢に見るキバネツノトンボのペアは絶滅危惧種

土の中の時間のように静かなり蜂の屍(かばね)に蟻の群れいて

玄関に置かれた日より雨を乞うあじさいが雨
の色へと変わる

消える

横並びすること止めただけなのに小さきすずめの消えゆく街場

朝刊を読みつつくだくシリアルの角が小骨の
ように刺されり

声を消せば画面に浮きぬ政治家のファンデー
ションの乗りの違いが

七夕の夜をわたれぬ銀河あり新宿駅地下消えたるホーム

此の世ではすれ違いたる伯母の弾く木のオルガンのぶかぶかと鳴る

常用の要なき文字のいち匁、負けてくやしく
消されてゆきぬ

羽根の消えた扇風機の輪のまわるたび本のページがくくくと笑う

ふた瘤のらくだが風のなかをゆくきち・ら
ち・きち・らち遠き道のり

国道沿いにはためく幟見えざればラーメンど
ん国ついに消えたり

反魂草まで

平成十六年九月、小山市思川にて幼い兄弟二人が
父親の友人に溺死させられた。

罪名は幼児誘拐殺人と黒抜きされしがポスト
より落つ

移り住みうつりすみして寄る辺なき洗濯物の干されいる檻

ネグレクトされたる子らが木の橋の一方通行往きて帰らず

土手に揺れるオギとススキはよく似たりいずれか年子の兄と弟

街角のコンビニ白き惑星にコインを握り子らが駆け込む

黄溜りの彼方にうすき闇が見えまだとどかない反魂草(はんごんそう)まで

まっすぐに歩けない秋わたくしの身に傾ける分銅がある

田はすでに黄金の実り　くりかえす季節の風
の穂先がゆれる

帰宅拒否症候群

「疲れている者あらば来よ休ませてあげるから来よ」告る神のいて

この夏の光をいたく残しつつ百日紅に老いの
時間長かり

咲きながらしな垂れてゆく細枝の萩を伐らん
とおもう月の夜

赤き羽根つけてじんじん染まりゆく性善説の街の夕焼け

帰宅拒否症候群という病　山へもどらぬ猿にもあるらん

朝なさな不発弾のごとき実を散らして冬青(ソヨゴ)は
門前に立つ

ガード下を飛びゆく鳩につづく鳩　ガード下
には鳩の道あり

降車駅告げいる声が伸びちぢみしておりうすき眠りの中に

アンブレラの原義は小さな影という駅にてひとりひとりが開く

最後の夜

音もなく打ち寄せる波階下へと降りれば九月
の海の静けさ

仰向けになりて硬直してゆくを見ている蟬の
はねの飴色

ちいちろちいちいちろちいと虫が鳴き犬に尿(ゆばり)
をうながしている

薄闇のなかにふくらみ寄り添いてくるから見えぬ老犬も死も

番犬なれば部屋には上げるなと言えど常にわが目を父は盗みき

明日来れば今日より四日歳をとる命と思う
犬の背を撫づ

くりかえし地面を叩きなおたたく鳥の尾羽も
冷えているなり

吐くものは魂の他になにもなしひと日うすうす
と眠りいる犬

くり色の尾をもち襁褓に通しやるたぶん最後
の夜になるだろう

晴れわたる日に

鉄砲水に死者を出したる翌朝の町川は遺跡の
ごとくしずまる

二十二段の石段を下り草踏めば思川へとつづく土手道

百年前の蒸気船が川の面に顕(た)ちぬ過去が一気に晴れわたる日に

風景の端に薄の穂はゆれて夕川の土手を犬と走りき

ひたひたと近づいてくる冬のこと話し合わねばならず黙する

唱和する「お江戸日本橋」大叔母の口跡もっとも明瞭にして

ヘルパーさんの視線をぬすみ舌を出す五尺三寸の身は寝たきりに

大叔母の晩年がいま閉じられる　明治、大正、昭和、平成

家中の座布団を並べまだそこに眠れるひとは非在のままに

明るすぎる秋日和なり人ひとり逝かしめて白(しら)
骨(ほね)のごとき雲見ゆ

足音は雨の音よりひそやかに斎場(ゆにわ)をゆきても
どりて　往けり

更けゆけば遠き団欒を見るごとく空に古りたる光を仰ぐ

浮力もつ母

木々はいま沐雨の時間てのひらを春の流れる
風にさしだす

破線のごとく灯り連なる向こう岸まばたきの
間のことか一年(ひととせ)

川筋のビルが真昼間ゆらぎおり春かげろうの
あわあわとして

南風ふきくる日には庭先へ出でてわずかに浮
力もつ母

草を引く小さき尻のまえうしろ箒ちり取りた
ずさえてゆく

身代わりになれねば銀行の窓口へ煙のような母を連れゆく

琥珀色の時間がしばし戻りくる通所介護(ディサービス)のバスを見送り

出口

朝もやの弓道場より放たれて矢はうす雲にぶく射されり

お浚いをしているような市街戦ぶれないカメラの位置が怪しい

国家にも齢(よわい)はあると思いつつ茜に染まる地図を見ている

爆風が砂を硝子にかえた日やガラスが砂のごとふりし日や

それ以上融けぬ雪あり選択的夫婦別姓法案のゆくえ

左とは右よりすこし偉い位置あずま女雛はひだりに坐す(いま)

デスクトップに去年の桜散らぬまま春の予報を狂わせており

東、西、南に駅の出口あり花ふる宵は北の口から

終わらない話に倦みて見上げれば満月は目鼻を持ちてまどろむ

無事山

流されてそこに在らざる橋の景音なき雪の画
面に浮かぶ

大いなる不如意を抱え「無事山」のふもとに

ラジオを貪り聴きぬ

　＊野田秀樹の演劇「南へ」の中の火山の名

崩してもくずしてもまた固まれる片意地のあり塩壺のなか

予告されし闇のさなかに無口なり灯りのごとく置かるる苺

急ぐこころをもたなくなったあの日から青信号の青の点滅

眼鏡(がんきょう)のあまた打ち上げられる浜　奇妙な夏の
光景として

運転席にひとの姿は見えざるをゆるやかに坂
を走り出したり

ダウンライトの白熱球がひとつ切れまたひとつ切れはじまる連鎖

聞こえない高周波見えない放射線どう戦えというのか夏を

思いがけぬ涼しさの来てうすれゆくうっすら
人をうらやむ心

感熱紙

百年前の暗鬱けさの憂鬱と広げし紙面に『こころ』読みつぐ

新しき税にも馴れてゆくならん感熱紙の文字
失せてゆくころ

執着をかるく手放し開くとき桔梗はききょう
色を深めつ

海面よりしずかに消えにし船影を映画のごとく見ていたるかな

*

千切れてはちぎれしままに夏雲のいつまで待てというのだろうか

目隠しをされて積まれている土の福島にあり東京にはあらず

福島を核の墓場にせんとするこの国に生きるひとりか吾も

II

桜はさくら

思い出しても忘れていてもへっちゃらさ　啓
蟄のあさ庭にくる蟇(ひき)

二十日鼠のしっぽのように触れてきて春大根はわれに買わるる

桁丈を伸び縮みしてはかりいし祖母の指尺おもう春の夜

昨日会って別れたような気がしたが一年ぶりの桜だそうな

水際へ這いゆく枝の先細り溺るるまでに蜜吸うさくら

陽に恃み水に靡いて支え杖をもちたる桜、長寿の桜

ひとたびは死ぬのでしょうね桜木に訊けばしずかに零す花びら

どこからが吾の記憶か吹きあげて風は声する
方へ駆けゆく

春秋の過ぎればなにを失いてなにを得たのか
桜はさくら

会津野の旅

うつくしき秩序はありぬ会津野に化粧小箱の
ような早苗田

赤瓦をしんねり濡らし降る雨は古城へつづく
坂をも覆う

車椅子を押してはゆけぬ城のなか母は天守を
仰ぎ見るなり

人はなぜ高き眺望を欲するか見下ろすという
感情に居て

会津塗りの五角の箸を手の上に転がらざりし
藩主のこころ

夏雲は西へと流れ反骨の戦士山本八重を知りたり

石高がものを言いたる世のありき減反政策了わると聞きぬ

声を持たざり

　草臥れた幸福の木にかけている細い蒸気のよ
うなため息

幸水のなかよりひとつ抜きとりぬ掛けがえといふを崩さぬように

遊具みな消えて草生す公園が湖底のように冷える、揺らげる

棚下に秋の野菜の冷えふかくごたごたにして
煮込むよシチュー

霧の林の向こうから来る友がいて胡桃色した
犬を連れてる

花をそだて育てては伐る友の鬱小さき美容室も閉じてしまいぬ

フェンス越しのような会話にまつわりて秋の蚊ははや声を持たざり

まだわれに失うものの残りいて庭に菊花を咲かせておりぬ

冷えたひだまり

「宅急便の坂崎です」が雪道に降りて笑顔の準備をはじむ

鋭角にかがやく冬の樹の下に虚ろなるものあ
またただよう

摩天楼をのぼりゆく夢はりはりと玻璃のかが
やく冬の夜に見ん

楽しさとさびしさ緩く縒りながら年の瀬に聞くジャクソン5(ファイブ)

発車時刻アナウンスされいくたびも背中押されている冬の駅

店先に見つけた黄色いひだまりを五百円にて求め帰り来

食卓を飾るひだまり灯のもとに置けばひんやり冷えているなり

家族の食卓

磨いては歳晩の日にかがやかす地震(ない)の残せし
壁の疵あと

地の震えくり返すたび揺らぎいる百合の花粉に床は汚れて

蒸気ほそく部屋のま中にたなびけば一気に老いてゆくのかと思う

冬雲の圧しいる空より垂線をますぐに下ろし
鶸鵇は来る

つごもりの茅の輪を抜けてゆくは風　墨絵の
ような空円かなり

かち合える硬貨と硬貨の音冷えて境内に列を縮めゆくなり

磁力弱くなるとも家族の食卓に鍋あり冬はまだまだつづく

伸びをする表紙の猫をなでやりぬ向田邦子全
集ぬくとし

朝の桟橋

玄関は朝の桟橋かるがものようなブーツがも
たれて眠る

あたたかな雨にも濡れてきたのだろう踵の疵をメリヤスに拭く

靴を揃えて待っていたのはなんだろう静かに溶けてゆく介護の日

聴覚だけがそこに残っているようだ鼈甲色に
靴べら垂れる

新しきスリッパ履けば躓きぬ　階段、雑誌、
丸まれる母

きさらぎと弥生をつなぐ糊代に冬を閉じゆく
閏日にして

鬱金香(うっこんこう)のねむれる土を日ごと撫づ冬の吐息を
凍らせながら

つまらない

少しだけ不幸なほうが楽だから目覚めるたび
に貝になる母

境界性人格障害とは何ならん七畳和室をとおりぬける風

父の坐りし座椅子に母の坐りおり盆の過客と向かい合うため

庭先に手紙の束を焼く母の夏越ゆるたび尖る
くるぶし

死ぬことも生きることも同じだと衝立の向
こう誰か声する

玄関に鍵をかければ母ひとり昼の人屋に匿うごとし

雲の堰切れてふりだす夕立に感情線をゆっくり冷やす

しゃぼん玉を透かして見てた触れるまで未来は確かに虹だったけど

過剰なる未来はいらぬと母が言い林檎の白き花の咲くなり

揺り椅子の背に重心をずらしつつシベリア鉄
道の旅読み継ぎぬ

こけし人形五体が並んでいるような介護施設
の丸きリビング

手を振りて別れた母と一時間の後に出会いぬ
玄関先に

つまらないつまらないを繰り返す母さんの夏
になってしまえり

どこかでそっと

昼庭を指差す母の手の先に欅はあらず　はるか歳月

ヒトという精密機械のネジひとつゆるめばると蕩けだすなり

近づけば黙字のような静けさの半分ドアの開いた病室

蝶と紛うせんたくばさみがカーテンのピンクに留まる病室の窓

フィクションが増幅させる感情に似てきて深夜病棟の灯は

擬宝珠がおいでおいでと招くよでだから嫌い
と母がつぶやく

ことごとく鋏に伐りぬうす紫の花も斑入りの
葉群もすべて

まなぶたを閉ざして長き母の夜のどこかでそっと手を離さねば

ひとり娘としてのミッション終わる日をくりかえしくりかえし夢想しており

いのちを刻む音にも聞こえ雫するカランをしばしそのままにせり

地下

ブリキ缶に四角くはぐくむ火を見詰むいつかの冬の父のごとくに

うす青く夜気の匂える庭に出でふたつ腓(こむら)の温
みを覚ゆ

呼びかけるごとくに香る沈丁花(じんちょう)のおとつい、
きのう、きょうは微かな

今日よりは石の下なる母の部屋　ああ繊月が疵のようなり

木々の根の地下にはびこる息づきが冷えたる自意識のうちに戦ぎぬ

全部燃やしてしまえば消えてしまうのに母の
背中のような春の陽

石の橋　木の橋　泥の橋わたりまどろめば眠りの橋は架かりぬ

大人になると鳴かなくなる鳥しろき鳥クラッ
タリング激しかるべし

動物裁判

指先を触角にして湿り帯ぶシアターという洞へ入りゆく

仏蘭西(フランス)の昔に動物裁判のありて毛虫に出廷を命じき

テロルの虫となりて九月のビルディングへ斬りこみし者の死もひとつの死

無為の日の風は透明ひる月が毛玉のようにほ
の白く浮く

テロ未然の都会(まち)へとこころ走らせて通行手形
をチャージしている

白鳥を呼び戻すため飼われいる鴨は幾度も飛
ぶふりをする

*

争える二羽の真鴨を遠囲み仲間は水の輪をほどかざり

オシドリの世界にもある嫁不足ロシアより来し雌の名モモちゃん

コスモスが咲きましたねと話すでもなくてコスモスの道は尽きたり

沼の辺に記憶のかすむひとところ人参畑の昨日のみどり

柿の実のふたつが柿の木に下がる淋しいとい
うほどでもないが

静かなる客

給油所(スタンド)まで追いかけてきた夕ぐれの咽喉(のみど)が見えるバックミラーに

おひとりさまの席にやさしく案内され静かなる客のひとりとなりぬ

ビルに入りビルを出るたび消毒をされてわが手の蒼白になる

歪なるりんごを卓にならべれば傾くというちから満ちたり

国境は風の砦か獄舎(ひとや)にて重信房子の詠める歌草

病む人や囚われ人にも匂えるか菜の花の雨ふれば思わる

版画のように降る雨だから濡れないで帰れるだろう南の町へ

隕石のその冷たさに触るるときレクイエムに
わかに聞こえくるなり

散薬

火の色のあらぬキッチンにあたためる薄く油
膜のはりたる時間

選んではまた棄ててゆく昨夜には付箋を貼り
し人の言葉も

都心へと向かう電車に揺られつつ白昼を薄皮
の剝かるるごとし

日本は危ないあぶない黄の傘をかざしてセイタカアワダチソウは

民主化指数22位とは微妙なり世界ランキングされる日本

まるで物物交換みたいに国境の橋にてスパイがトレードされる

抑止力とは威しと思う吾亦紅あきれるほどに咲き乱れいて

ベン・E・キングの訃報ながれてどこからか

ベースギターのイントロが来る

＊

まっ直ぐにただまっすぐに歩くこと困難なれば指を鳴らせり

新聞のうえに零れし散薬のかすかに硝煙の臭いをはなつ

あいだの時間

十八歳未満の冬はいつだって理由(わけ)なく淋しい
季節だったが

砂のようなおんな言葉で話してたあのころ
はじめて地下鉄に乗りき

ほつりほつり春がほつれてゆくようだサンシュユの木に黄の花咲いて

教員採用試験をともに受けたりし友より定年の報せがとどく

改札に友の呼ぶ声振り向けば時刻表示がはげしく変わる

旧友のふたりが事故死したる頃われらは四十

代の真中に

君知らぬ木の芽起こしの雨がふりさくら道明

寺ほのかに甘し

春風が100％入ってるジャスミンティの成分表示

殻の底にふたつの日付記されて卵はあいだの時間を生きる

折れたりもする

まず白が咲いて花の球形を雨がゆっくり膨ら
ませゆく

危うさを細目に見上ぐ終わらない思春期みたいに暴れだす空

屋上にライオンの居る風景が暗緑色に動き出したり

傷んだり腐ったりする　触れただけなのに折れ
たりもする　心って

ペンギン歩き

葛西臨海水族園より一羽のフンボルトペンギンが脱走した

翼あっても飛べない鳥のペンギンが或る夜フェンスを越えてゆきたり

パントマイムのようにペンギン歩きする温和(おとな)しき鳥と思っていたが

個体識別リングを羽に付けたまま一羽は自由を選びとりしを

葉より先に花の咲くころ冒険の旅はどこまで
行っただろうか

胃の腑の凝り

噴門から幽門までを空にしてきゅるるきゅるると鳴くスタマック

飛べない鶴に息吹き込めるその刹那こみあげてくる胃の腑の凝りが

脱脂粉乳の臭いがたちぬ血色の悪き児童でありしよかって

古代ローマへワープする夢きりんなど食べられぬ故また戻りくる

手指よりも身のうち渇きゆく夕べ柚子は湯船にふやけておらん

散薬の素水に溶けて沁みわたり執着の箔はがれゆきたり

躰よろこぶこと何もせずイチローの白髪見ている朝のテレビに

りんごの実

切り疵をガーゼに被い夜もすがら寝かせ置く

なり檜葉のまな板

りんごの実りんごの木より遠くへは落ちない
未熟は未熟のままで

人の死が電車を止めるまひるまのコスモスは
風に揺れるしかなく

どこまでも出口が見えずざくざくとキャベツまるごと刻みつくせり

十月に冷やし中華を食べている放課後のようなひだまりのなか

水を浴びる一羽を待っている一羽　権力をつがいの鳩にみており

日に一軒消えてゆくなりこの国の町のたばこ屋ではなく本屋

宵っ張りを張り合いながら眠られずアオマツムシの声の止まざり

キンモクセイの香り日ごとに薄れゆきもう狂わされることもなきかな

何故だろう敗者が美しく見えるのは金色の葉
の降りやまぬ日よ

タワーをめぐる川

街並みに相応うビジネスマンがゆく足早にみ
な道を渡りて

切通しのごときビルの間ひと影はふと直角に

折れて見えざり

秋風がレンガの壁をなでて吹く一丁倫敦と呼ばれし昔

埃立つ丸の内街区を漱石も歩いただろうかインバネス着て

陽を浴びて地下鉄走る街ま昼　アメリカの夜と誰かつぶやく

平成の意匠とあれば寄り行きぬタワーをめぐる川に呼ばれて

＊

人寰に競い合うなど何ほどか掬えばひと匙ほどのパノラマ

半島は腕のごとし東京湾に誰のものでもない島がある

水面すべりて昼の河口を行く船があくびのような汽笛を吐きぬ

*

氾濫するひかりとひかり川の上に勝鬨橋のアーチが歪む

橋を渡るは時代を超えるにも似たり月島のもんじゃ食べにゆきたし

カナダの夕陽

「カナダの夕陽」カーラジオより流れれば浮かび来るなりカナダの夕陽

動いているのはこの大地だという声をときおり忘れ沈む陽の中

祖母の使いし灰のようなる洗髪剤(シャンプー)の臭いよぎりて黄砂ふりくる

いち羽にて冬沼に来し白鳥のかえりゆく日も
ただいち羽なる

いつ見ても眠たそうなり片眼ずつ瞼を閉じる
昼のふくろう

電球の寿命の方が長からん家中替えて浸るあかるさ

三日目のパンをミルクに浸しては牧草の香のたつまで焼きぬ

『母の遺産』読みつつ深夜わたくしに潜まる
声に耳かたむける

寿命五十億年

太陽の表面にある黒い染み増えても減っても
気にかかる日々

残る寿命は五十億年　凄まじきその情熱に生かされており

太陽を獲ってほしいと泣いた子はいなかっただろう倭の国に

一九六四年十月十日　東京の空の青さを鳩が
教えき

ひとつしかない太陽を争いし円谷幸吉、アベ
ベ・ビキラと

今もつづいているのだろうか太陽の国のサンレモ音楽祭は

日の丸も国家も嫌だ思い出の上書きさるるも何か寂しく

戦争も平和もお金になるらしく羊雲たかき空にひしめく

シャイロックの悲哀がやけに沁みてくる歩いても歩いても秋の真ん中

ひやっと無気味

細長き腕のごとし泥水のなかよりぬらり伸び
てくる茎

すいれんを鉢ごと池に沈めたり手を放す際ひ
やっと無気味

むらさきの祈りのかたちそのままに水漬ける
花の朽ちてゆきたり

映写機の回る音せり夕立のあがりし後に啼け
るかなかな

ヘリコプター空中静止する朝に川の名が呼ぶ
古き事件を

幼児二人を川に殺めし受刑者の獄死を告げて小さきニュース

防波堤の無力を知りし日のありぬ寄せてそののち『第三の波』

此の世にはあらざる客を乗せしというタクシーは被災地の他にもあらん

物故者という澱(よどみ)にはまる同窓生名簿しずかに指に繰りつつ

春の妖精

水仙の固く束なす群落を分かたんとして火は放たれき

灰白のけむりは立ちてもののふの戦(いくさ)のように
迫りくる野火

儚きものばかり数えぬ春の妖精(スプリング・エフェメラル)あしたの風に
咲く花

寒の朝ふたつ並べたドーナツの穴にもあわく
粉雪のふる

パトカーが何度も巡回する真昼　赤色灯が身
を透りゆく

デモに行く友を見ていた傍らに『二十億光年の孤独』引き寄せ

少しだけ喉(のみど)の奥に火をともすジンジャーティがこのごろ好み

優しい目の馬

労働をわすれた馬が月の夜の風に両耳そよがせている

べえかりい木馬に寄りてあさっての朝食のた
め鳴らすドアベル

馬の膚(はだえ)にふれし彼の日もサンシュユの花は光
をこぼしていたり

何もかもなかったことにしようって馬の優しい目は言うけれど

凱旋門賞出場馬より帯同のピカレスクコートに寄りゆくこころ

勝てなくて勝てないことがギャラリーを沸かせし馬よハルウララ二十歳

寺庭をゆけばあふれんばかりなり馬酔木の花の白く垂れいて

空車

拭ってもぬぐっても晴れないはり窓が何枚も
ある五月の胸に

なだらかな山並みを背に滑車音のこして青葉へ斬りこむリフト

天上まで昇るリフトかひとりずつ運びてもどりくる空車(からぐるま)

淡きみどりの光を放ち椎の木の根方にシイノトモシビタケは

図書館の開館時間にまだはやく花掃くひとを眺めていたり

人生を変えたき人の数多いて宝くじ売り場に列なしており

風塵の荒れたるのちは拍子抜けするほど変わる木々の輪郭

行くかもしれない街よりももうたぶん行かない街への旅を思いぬ

ふたつ膝まげて力を溜めながら眠りぬいつか飛び立たんため

解説

佐伯裕子

梶黎子さんとは二〇〇一年、学習院生涯学習センター（現在の「さくらアカデミー」）で初めてお会いした。しっかりした考えをもつ、醒めた雰囲気の女性だった。やがて朝日カルチャーの新宿教室に移られたが、二〇〇三年から「未来」の私の選歌欄に投稿されるようになる。考えてみると、梶さんについては、簡単な短歌の履歴しか記すことができない。どのような境涯を生きてこられたのか、何を学び、何の仕事をされたのか、私は知らない。現実に即いた短歌を作りながら、そこから広がる別の空間や時間を表したい作者のように思われた。

『冷えたひだまり』は実生活をリアルに表す歌集ではない。現実と触れ合った生の感覚と感情は、いったん冷やされてから言葉として紡がれている。それはまた、客観的な写生の冷静さともちがうのである。理性や知性、羞恥心などの冷却装置が働いているのだろう。創作には当然の姿勢といえそうだが、梶さんの場合は、強い決意がうかがえて苦しそうに見えたりした。もっと柔らかに、もっと素直に溺れていいのではないか。何度か助言をした覚えがある。助言しながら、私は私自身に言っている気もしていた。感情の冷却装置を

持て余すところに、私は私を見ていたのかもしれない。

駅までの短き家出したる日よカンナきしきし炎（も）えていたりき

カルピスを飲めばのこれる膜酸ゆくジフテリアにて死にしおとうと

足袋型の残りてあれば屋号にて呼ばるる旧き家業のありぬ

蔵中はいつも涼しき叱られて泣きつくしたる後の夕なぎ

柔らかないい歌である。記憶のなかの「カンナ」の道や、早世した「おとうと」と生家の「足袋型」「蔵中」、それらは、水の膜が張られたような遠い光景として捉えられている。「炎えていたりき」「酸ゆく」「泣きつくしたる」などの、強く激しい語句を遠い陽炎として揺らめかせている。記憶のなかの光景は、何度も思い返した過去であるゆえに、どこか安心して表現できるものとなったのだろう。三、四首目は、最小限の具体的な言葉で出自を伝える数少ない一首である。

この四首は、作者の原風景といっていい。そうして、ひんやりと遠い風景を見る延長上

に、「母」の介護と死の現在もうたわれている。

　南風ふきくる日には庭先へ出てでわずかに浮力もつ母
身代わりになれねば銀行の窓口へ烟のような母を連れゆく
玄関に鍵をかけねば母ひとり昼の人屋に匿うごとし
つまらないつまらないを繰り返す母さんの夏になってしまえり
蝶と紛うせんたくばさみがカーテンのピンクに留まる病室の窓
フィクションが増幅させる感情に似てきて深夜病棟の灯は
今日よりは石の下なる母の部屋　ああ織月が疵のようなり

　母の死までの現実を描写しながら、事実よりもゆらめく感情をうたおうとする。ことに六首目の「フィクションが増幅させる感情」という言い方は皮相といっていい。母の死という現実を物語にせず、それ以上でも以下でもなく表現したいのである。客観的に、ではない。悲しみに煽られそうになる湿った感情に、注意深くストッパーを掛けているのだ。

「浮力もつ母」「烟のような母」「人屋に匿う母」「つまらない母」「石の下なる母」に、思いの深さを籠めていく。梶さんの抒情の本質がうかがえる作り方だろう。

「母」の死に寄せる歌に比べると、それより以前の「父」の死はもっと素朴に作られている。「胸の上にて組ませたる手の懶そうに黒き柩は花にあふるる」などである。母の歌に至って、歳月を重ねた歌作りの深化を見ることができそうだ。

湿った感情を特有の冷却装置にくぐらせる作り方は、一方で、少し毒のある独りユーモアの歌も生んでいる。

　　ダンプカーを粗大ごみ処理センターへ先導しゆけば喪主のようなり

　　声を消せば画面に浮きぬ政治家のファンデーションの乗りの違いが

　　左とは右よりすこし偉い位置あずま女雛はひだりに坐す

　　思い出してもわすれていてもへっちゃらさ　啓蟄のあさ庭にくる蟇(ひき)

　　二十日鼠のしっぽのように触れてきて春大根はわれに買わるる

219

仏蘭西(フランス)の昔に動物裁判のありて毛虫に出廷を命じき

古代ローマへワープする夢きりんなど食べられぬ故また戻りくる

躰よろこぶこと何もせずイチローの白髪見ている朝のテレビに

おひとりさまの席にやさしく案内(あない)され静かなる客のひとりとなりぬ

電球の寿命の方が長からん家中替えて浸るあかるさ

　一瞬の苦笑いを誘いながら、世の中を低い視線で切って風刺している。どの歌も、そういえばあるなあ、と思わせられるのだ。どちらかといえば社会派の作者なのだが、大上段にメッセージを送る作り方はしない。家移りの廃棄物を先導する自分の姿を「喪主」といい、「政治家のファンデーション」に笑いを含ませる。また馬鹿馬鹿しい「動物裁判」の可笑しさに託す裁きへの不信や、健康志向の現在に「躰よろこぶこと何もせず」といい、鍛錬したイチローの加齢を眺める。「おひとりさま」の客のやさしい自己戯画化。さらにはLED電球の寿命の長さなど。皮肉な笑いが浮かんでくる。爆笑でも微笑でもない、独りの苦笑である。

だが、梶黎子さんのもっともいい歌はさりげない。周辺の事物に寄せる属目詠である。

土の中の時間のように静かなり蜂の屍に蟻の群れいて
ガード下を飛びゆく鳩につづく鳩　ガード下には鳩の道あり
降車駅告げいる声が伸びちぢみしておりうすき眠りの中に
思いがけぬ涼しさの来てうすれゆくうっすら人をうらやむ心
遊具みな消えて草生す公園が湖底のように冷える、揺らげる
店先に見つけた黄色いひだまりを五百円にて求め帰り来
コスモスが咲きましたねと話すでもなくてコスモスの道は尽きたり
柿の実のふたつが柿の木に下がる淋しいというほどでもないが
屋上にライオンの居る風景が暗緑色に動き出したり
十月に冷やし中華を食べている放課後のようなひだまりのなか
すいれんを鉢ごと池に沈めたり手を放す際ひやっと無気味

ふたつ膝まげて力を溜めながら眠りぬいつか飛び立たんため

　一連を読んでいると、ゆらゆらとした孤立感が浮かび上がってくる。どの歌も言い過ぎず、またぼやけてもいない。視線はあくまでも低い。鳩や蟻や車掌の声、公園の遊具や八百屋の店先、コスモスや柿やすいれん、屋上のライオンなど。些細な感情のわずかな波立ち。その波立ちを、水の内側から見るように伝えようとするのである。
　「フィクションが増幅させる感情」の連なりを避ける注意深さ。そのような生来の冷却装置は、一方で、理に走りやすい面をのぞかせる。先の一連と同じように見える一首に、「横並びすること止めただけなのに小さきすずめの消えゆく街場」がある。この歌には、都市化批判が見え隠れする。急いで主張を滲ませる方向には、十分な注意が必要ではないだろうか。
　年齢を重ねるとともに、作風が変わってきているのではないだろうか。そうであってほしいし、さらには、深化をともなう変化であるといいと思う。
　『冷えたひだまり』が、多くの読者を得て、幸せな出帆をするよう願ってやまない。

あとがき

原風景というものがあるとしたら、それはやはり幼い頃を過ごした生家の景色であり、幼くして弟を亡くした時の両親や大人たちの悲しみの表情であるかもしれない。商家だった家にはいつもたくさんの大人達が居て、表の商いと裏の生活とのはっきりとした境目のない暮らしが嫌でならなかった。裏庭には土蔵と石造りの蔵があり、かんぬきの掛かっていない土蔵(つちぐら)は子供たちにとっての恰好の遊び場だった。夏の日暮れには廂や網の窓から一斉に飛びたってゆく蝙蝠の黒々とした羽ばたきが何とも無気味だった。
　創作の楽しみに初めて触れたのは十歳の頃だろうか。当時テレビドラマの冒頭で朗読されていたサトウハチローの「おかあさん」の詩に影響されたのかもしれない。小学五年生の時に入っていた文芸クラブでは、詩や物語などを書いて仲間と読み合ったりしていた。今から思えば作文の延長のようなものだったと思うが、当時は顧問の若い女性教師の感想より仲間の男子の意見の方が面白いと思ったりしたものである。
　梶黎子というペンネームはまだ十代の頃、学生仲間と文学の同人誌を作っていた時期に考えた名前である。その後社会人仲間との雑誌作りやシナリオの勉強をしていた時期もあ

ったが、全て中途半端なままに就職し、やがて結婚、子育て、その後は夫と始めた店の経営に明け暮れて四半世紀はたちまちに過ぎてしまっていた。

両親の介護のため仕事から離れた頃、社会人講座の短歌教室で佐伯裕子先生との出会いがあった。学生時代の気分がたちまち蘇ってきたのを憶えている。それから二年後、未来短歌会へ入会して以来既に十五年という時間が経ったことになる。決して短い時間ではない。短歌を作り始め、現代歌人の歌集を読み始めた頃の只々楽しかった気持ちに比べれば、現在の心境は少々複雑でもある。

『冷えたひだまり』は私の第一歌集です。二〇〇三年から二〇一六年までの十三年間に未来誌に掲載された歌の中から、制作年にはあまり拘らず多少の手直しを加え構成を見直して三三八首を選び収めました。

出会いからずっと暖かくご指導いただき、歌集解説を書いてくださいました佐伯裕子先生に心より感謝申し上げます。更に梶さんと私を呼んでくださる仲間のすべての方々にも

感謝申し上げます。短歌を読み語り合う仲間がいなければ、この歌集も生まれることはなかったに違いないと思っています。
そして最後になりましたが歌集刊行に際しましては六花書林の宇田川寛之さん、装幀の真田幸治さんにいろいろアドバイスをいただきました。深くお礼申し上げます。

二〇一八年七月

梶　黎子